JE SUIS MARILOU MELON

Pour mon frère J. Christopher Lovell : Joyeux Noël 1976! Et pour ma mère Sandra, comme toujours — P. L.

Pour Emily Anne, la plus grande petite fille du voisinage — D. C.

ILLUSTRATIONS DE

PATTY LOVELL   DAVID CATROW

TEXTE FRANÇAIS DE
HÉLÈNE RIOUX

Éditions
SCHOLASTIC

Catalogage avant publication de Bibliothèque et
Archives Canada

Lovell, Patty, 1964-
[Stand tall, Molly Lou Melon. Français]
Je suis Marilou Melon / Patty Lovell ; illustrations de David
Catrow ; texte français d'Hélène Rioux.

Traduction de : Stand tall, Molly Lou Melon.
ISBN 978-1-4431-4305-9 (couverture souple)

I. Catrow, David, illustrateur II. Titre. III. Titre : Stand tall,
Molly Lou Melon. Français

PZ23.L678Je 2015   j813'.6   C2015-900737-2

Édition publiée par les Éditions Scholastic, 604, rue King Ouest, Toronto (Ontario)
M5V 1E1.

5 4 3 2 1   Imprimé au Canada 114   15 16 17 18 19

Conception graphique de Gina DiMassi.
Le texte a été composé avec la police de caractères Stempel Schneidler medium.
Les illustrations ont été réalisées au crayon à mine et à l'aquarelle.

Marilou Melon est juste un peu plus grande que son chien, et elle est la plus petite élève de première année.

Ça lui est égal. Sa grand-mère lui a dit :

— Marche la tête bien haute et le monde entier te respectera.

Et c'est ce qu'elle fait.

Les dents de lapin de Marilou Melon sont
tellement avancées qu'elle peut empiler
des sous dessus.

Ça lui est égal. Sa grand-mère lui a dit :

— Souris de toutes tes dents et le monde
entier te sourira à son tour.

Et c'est ce qu'elle fait.

Marilou Melon a une voix qui ressemble à celle d'un crapaud étouffé par un boa constricteur.

Ça lui est égal. Sa grand-mère lui a dit :

— Chante à tue-tête et le monde entier versera des larmes de joie.

Et c'est ce qu'elle fait.

Marilou Melon a les mains pleines de pouces.
Ça lui est égal. Sa grand-mère lui a dit :
— Aie confiance en toi et le monde entier
te fera confiance.

Et c'est ce qu'elle fait.

Marilou Melon déménage dans une nouvelle ville. Elle doit dire au revoir à sa grand-mère et à tous ses amis…

et fréquenter une nouvelle école.

PREMIERS SOINS

Le premier jour d'école, Ronald Fanfaron la traite de **MICROBE** pendant le cours d'éducation physique.

Quand la partie commence, Marilou Melon attrape le ballon, court sous les jambes de Ronald Fanfaron et réussit un touché.

Quelle championne! se disent tous les enfants.

Et Ronald Fanfaron se sent parfaitement ridicule.

Le deuxième jour d'école, Ronald Fanfaron crie qu'elle a **DES DENTS DE CASTOR.**

Alors Marilou Melon prend ses sous, les empile sur ses dents et fait un grand sourire.

Tous les enfants sourient et Ronald Fanfaron se sent parfaitement ridicule.

Le troisième jour d'école, Ronald Fanfaron dit :

— Quand tu parles, on dirait un canard malade. **COIN-COIN!**

Marilou Melon lance alors un cri si fort que Ronald Fanfaron fait un bond en arrière, se cogne la tête et doit aller chez l'infirmière. Tous les enfants se réjouissent à l'idée d'être débarrassés de Ronald Fanfaron pendant le reste de l'après-midi. Et Ronald Fanfaron se sent parfaitement ridicule.

Le quatrième jour d'école, Ronald Fanfaron lui dit qu'elle a complètement raté son flocon de neige. Marilou Melon déplie alors sa feuille de papier et montre qu'elle a réussi le plus beau des flocons.

Tous les enfants poussent des cris d'admiration,
même Ronald Fanfaron.

Le cinquième jour d'école, Ronald Fanfaron
lui offre un sou pour empiler sur ses dents. Et
il lui sourit.

Le soir, Marilou Melon prend un crayon et
du papier à lettres pour écrire à sa grand-mère.

Chère grand-maman,

*Je veux te dire que tout ce que
tu m'as dit est absolument vrai.*

Je t'aime.
Marilou Melon